1. Auflage 1990
© Bertelsmann Verlag GmbH, München
ISBN 3-570-08063-3
Satz: Uhl+Massopust, Aalen
Lithos: Studio Lorenz & Zeller, Inning
Druck: Appl, Wemding
Printed in Germany

Angela
Sommer-Bodenburg

Georneklein

Irmtraut Korth-Sander

C. Bertelsmann

Gerneklein war das jüngste der Eulenkinder. Er hatte
drei Geschwister, aber die waren schon in die Welt
hinausgeflogen.
Nur Gerneklein lebte noch bei Mutter und Vater Eule.
Jeden Tag dachte er: Ach, wie gut ich es habe.
So schön wie hier kann es nirgendwo sein!

Und zu Mutter Eule sagte er:
»Ich will nicht erwachsen werden, niemals!«
»Doch«, antwortete Mutter Eule dann,

»eines Tages wirst du erwachsen werden und davonfliegen. Das ist bei allen jungen Eulen so.« »Nicht bei mir!« sagte Herneklein. Und so ließ er sich bei allem, was junge Eulen lernen müssen, viel, viel Zeit.

Wenn Mutter Eule sagte: »Heute wollen wir
fliegen üben. Komm, Gerneklein!« antwortete er:
»Ach nein, heute nicht, morgen!«
Und er redete und bat, bis sie sagte: »Gut, morgen.«

Und wenn Vater Eule sagte: »Komm, Herneklein, heute gehen wir auf Mäusejagd!«, antwortete Herneklein:

»Nein, heute nicht, morgen!« Und er bettelte, bis Vater Eule zustimmte: »Na gut, dann morgen.«

Manchmal waren Vater Eule und Mutter Eule die halbe Nacht unterwegs.
Wie lang wurde Derneklein da die Zeit!
Und wie unheimlich waren die Geräusche, die er hörte: Das Holz knackte und knarrte, der Wind heulte und pfiff, Regentropfen schlugen auf das Dach.

Eines Abends näherten sich Schritte –
leise, vorsichtige Schritte.
Gerneklein duckte sich, aber die Schritte
kamen näher, immer näher.

Und dann schauten ihn zwei große grüne Augen an.
»Sieh da, ein Eulenkind!« sagte eine rauhe Stimme.
»Wer bist du?« fragte Herneklein.
Ein heiseres Lachen ertönte.

»Ich bin Minka, die Katze. Und ich liebe junge Eulen!«
»Was willst du?« fragte Derneklein zitternd.
»Mit dir spielen«, antwortete die Katze
und schlug mit der Pfote nach ihm.
Derneklein drückte sich eng an die Wand
und sah sie mit großen furchtsamen Augen an.
Wären doch Mutter Eule und Vater Eule jetzt bei
ihm gewesen!

»Warum fliegst du nicht weg?« fragte die Katze.
»Ich kann nicht fliegen«, antwortete Verneklein.
»Du kannst nicht fliegen?« sagte die Katze und lachte.
»Aber das Spiel macht nur halb so viel Spaß,
wenn du nicht fliegen kannst.«
»Welches Spiel?« fragte Verneklein ängstlich.
Die Katze ließ ihre Zähne blitzen: »Katz und Eule!«

In diesem Augenblick kam Mutter Eule durch das Eulenloch geflogen.
Ohne zu zögern, stürzte sie sich auf die Katze.
Es gab einen kurzen Kampf, dann rannte die Katze davon.

Froh und erleichtert kuschelte sich Gerneklein
an seine Mutter.
»O Mutter Eule, ich habe solche Angst gehabt!«
sagte er.
Mutter Eule machte ein strenges Gesicht.
»Morgen kommst du mit uns und lernst,
wie man fliegt und jagt!« sagte sie.
»Nein«, antwortete Gerneklein, »heute noch!«